1분이면 마음이 열립니다

한국청소년상담원 | 지음

1분이면 마음이 열립니다

1분이면 마음이 열립니다

한국청소년상담원 지음

개정판 1쇄 발행 | 2005년 6월 7일
　　　2쇄 발행 | 2005년 7월 17일

발 행 인 | 김경용
발 행 처 | 도서출판 작은씨앗
공 급 처 | 도서출판 보보스
디 자 인 | 좋은 씨앗 (02-2266-5548)
일러스트 | 강미선

주　　소 | 서울시 종로구 사직동 262-8 3층
전　　화 | 02_333_3773
팩　　스 | 02_735_3779
홈페이지 | www.bobosbook.co.kr
　　　한글 도메인 : 작은씨앗
출판등록 | 2003년 6월 24일 제 300-2004-187호

가격　4,500원
ISBN　89-90787-25-4　　03810

1분이면 마음이 열립니다

한국청소년상담원 | 지음

작은
씨앗

먼저 마음을 여는 세상을 꿈꾸며

우리는 모두 누군가의 마음을 얻길 원합니다. 정치인은 유권자의 마음을, 기업인은 소비자의 마음을, 배우는 관객의 마음을 얻으려 합니다. 아무리 잘 난 사람도 다른 사람의 마음을 얻지 못하고서는 살아가기가 어렵습니다. 사람이 사회적 동물이라고 하는 것은 단순히 사람들과 같이 산다는 의미가 아니고 다른 사람들과 마음을 주고받으며 산다는 의미일 것입니다.

마음을 얻는다는 것은 마음이 열리도록 하는 것입니다. 마음이 열리고 내가 그 안에 들어가는 것입니다. '로미오와 줄리엣'도 발코니 창문이 열린 다음의 이야기입니다. 결국 우리의 모든 행위는 누군가의 마음을 열기 위한 부단한 몸짓이라고도 할 수 있습니다.

이렇게 애를 쓰는데도 사람의 마음을 열기가 어렵다고들 합니다. 정치인이나 기업인만 그런 것이 아닙니다. 가장 가깝다고 생각하는 가족간에도 그렇습니다. 부모는 자식의 마음을 열기가 어렵고 남편은 아내의 마음을 열기가 어렵다고 합니다. 닫힌 마음 앞에 선 사람은 불행합니다. 닫힌 마음 앞에서 그는 혼자이기 때문입니다.

마음을 열기 어렵다는 것은 서로가 마음을 닫고 있다는 뜻이기도 합니다. 지금 우리는 누군가의 창문이 열리길 기다리느라 내 방의 창문 여는 것을 잊고 있는 것은 아닌지 모르겠습니다. 다들 자기 방 창문은 굳게 닫아걸고 거리에 나와 남의 창문 앞을 서성거리고 있다면 누가 어떻게 창문을 열 수 있겠습니까? 닫힌 마음 앞에 선 사람보다 더 불행한 사람은 마음을 닫고 있는 사람입니다.

이제 모두 창문 넓은 집의 주인이 되었으면 합니다. 창을 열 듯이 마음을 열면 더 넓은 세상이 보일 것입니다.

"1분이면 마음이 열립니다."는 먼저 마음을 열고자 하는 사람들의 이야기입니다. 그 동안 일주일에 한 번 중앙일보를 통해 세상과 만났던 짧은 이야기들을 묶어 한 권의 책으로 내면서 저희 한국청소년상담원은 '먼저 마음을 여는 세상'의 꿈을 담고자 합니다.

끝으로 이와 같은 우리들의 바램이 세상과 만날 수 있도록 귀한 지면을 내주신 중앙일보사와 더 할 수 없이 아름다운 책으로 꾸며주신 작은 씨앗 출판사에 충심으로 감사의 말씀을 드립니다.

이혜성(한국청소년상담원장)

봄

모든 생명이 모습을 드러내는 계절,
작은 씨앗 속에서 무한한 가능성을 보고
문득 돋아난 새싹에서
기다림의 미덕을 배웁니다.

1분은

아빠가 신문 한 면을 다 읽기에도 **빠듯하고,**

엄마가 좋아하는 노래 한 곡을 다 듣기에도 부족한 시간.

그러나 **아이를 꼭 안아주고** 이렇게 말하기에는

충분한 시간입니다.

"사랑하는 ○○야, 요즘 많이 힘들지?
아빠, 엄마가 네 이야기를 많이
들어주지 못해 미안하구나.
사실은 우리도 속상하단다.
하지만, 너와 함께 있는 이 시간만큼은
너무나 행복하구나."

진심을 전하기에 1분은
결코 짧은 시간이 아닙니다.

어느 날 자녀가

"나는 잘 하는 것이

아무 것도 없어." 라고 할 때

실망하기보다는 이렇게 말해보세요.

"아무 것도 없는 게 아니라
아직 모르는 것이겠지.
우리도 가을이 되기 전까지는
국화꽃이 있다는 걸 잊어버리고 살잖니.
네가 정말 잘 하는 것이 언제쯤 나타날지
우리 같이 기다려보자꾸나."

세상에 잡초는 없습니다.
이름을 몰라 잡초라 부를 뿐입니다.

봄이 무르익는 날 저녁에는

자녀와 함께

집 앞 벤치에 앉아 보세요.

그리고 어디선가 **라일락 향기가**

바람결에 묻어오거든…

“이런 좋은 날 어떻게 너만 책상 앞에
앉아 있으라고 할 수 있겠니?
이렇게 바람도 느껴보고 향기에도
취해보자고 같이 나오자고 했다.
너와 같이 앉아 있으니 다시 십대가 된 것 같구나.
우리도 마음까지 늙는 것은 아니란다.”

자녀와의 인간적인 대화가 그리울 때는
부모가 먼저 젊은 날로 돌아가 보세요.
라일락의 꽃말은 ‘젊은 날의 추억’ 입니다.

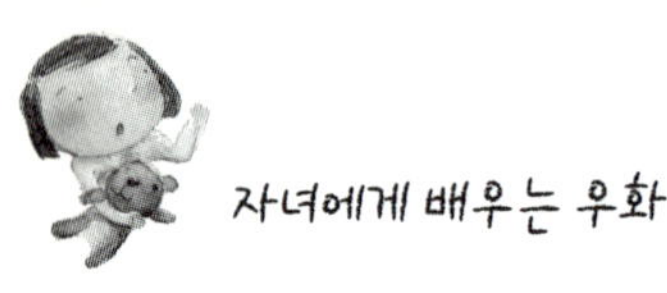

어떤 아버지가 **어린 딸들에게** 옛날 이야기를 들려줍니다.

"옛날 어떤 임금님이 죽을 때가 가까워지자

세 명의 왕자를 불러서 **가장 귀한 것**을 구해오는 사람에게

왕위를 물려주겠다고 했단다.

첫째와 둘째 왕자는 **금은보화**를 구해 왔고,

마음씨 착한 셋째 왕자는 **눈물 흘리는 물고기**를 구해주고

용왕님에게서 무엇이든 소원을 들어주는

신비의 구슬을 받아왔지.

그래서 결국 셋째 왕자가 왕이 되었단다.

그러니 너희들도 그 왕자처럼 착하게…"

그 때 작은딸이 이렇게 말합니다.

"아빠! 내가 그 왕자라면
우리 아빠 죽지 않게 해달라고 빌 것 같아.
그런데 그 왕자는 착하다면서
왜 자기가 왕이 되었대?"

가르치려다가 되레 배울 때가 있습니다.
욕심 없는 아이들의 눈이 더 밝습니다.

장애인과 연예인은

두 가지 공통점이 있습니다.

첫째, 자신이 원치 않는데도 주목의 대상이 된다.

둘째, 잘 모르는 사람일수록 색안경을 끼고 본다.

장애보다 더 힘든 편견의 벽.

그러나 이 거대한 벽을 의연하게 넘어서는 부모들도 있습니다.

한 정신지체아의 부모는

자녀의 **생일 카드**에 이렇게 적었다고 합니다.

"사랑하는 아가야,
작은 염색체 하나가
우리를 지배하지 못한다는 것을
이 세상에 보여주기로 하자."

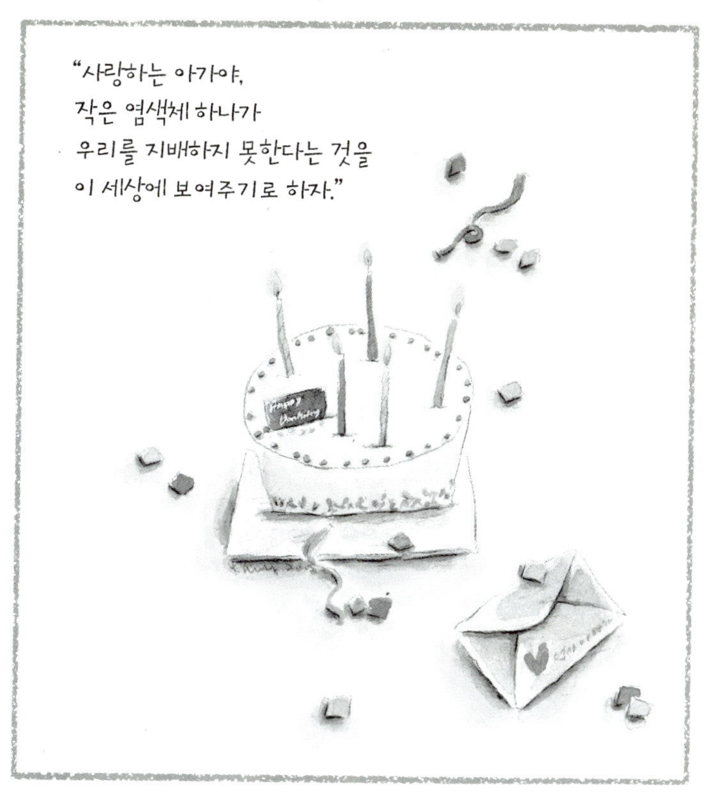

세상의 어떤 편견도
부모의 사랑보다 강할 수는 없습니다.

집에 두고 온 **어린 자녀 생각에**

일이 손에 잡히지 않는 엄마들이 많을텐데요.

그래서 **한 엄마는**

가끔 이런 **편지**를 남긴다고 합니다.

"사랑하는 ○○야, 낮에 엄마 보고 싶을 때 많지?
엄마도 그래. 그럴 때 엄마는 눈을 감고 ○○ 생각을 한단다.
그러면 숨소리도 들리고 웃는 모습도 보이거든.
엄마가 보고 싶을 때 너도 마음속으로 엄마를 생각해봐.
엄마는 항상 너하고 같이 있으니까.
그럼 저녁때 웃으면서 만나자. 안녕."

마음은 눈에 보이지 않는 것도
볼 수 있게 해줍니다.

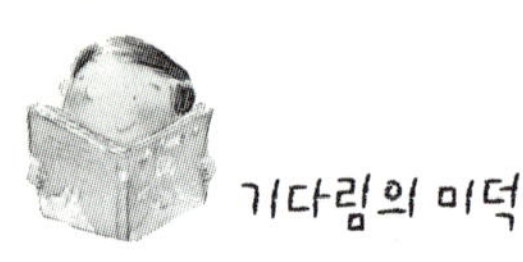

기다림의 미덕

도서관이나 서점에서

자녀와 함께 책을 읽는 것까지는 좋은데,

"늑대가 아기 양 여섯 마리 잡아먹었으니까

이제 몇 마리 남았지?"를 참지 못하는 분들이 있습니다.

자녀의 재능을 빨리 키워주고 싶은 것이

부모의 마음이겠지만,

그럴수록 '기다림'의 미덕을 생각해보세요.

"이 책 재미있니?
어디 아빠도 한 번 읽어볼까?
정말 재미있는 책을 골랐구나.
이번에는 아빠가 고른 책도 한 번 볼래?"

씨를 뿌리는 것은 사람이지만,
싹을 틔우는 것은 자연입니다.

자녀와의 대화가 힘들 때는 잠시 짬을 내

젊은이들이

좋아하는 노래를 들어보세요.

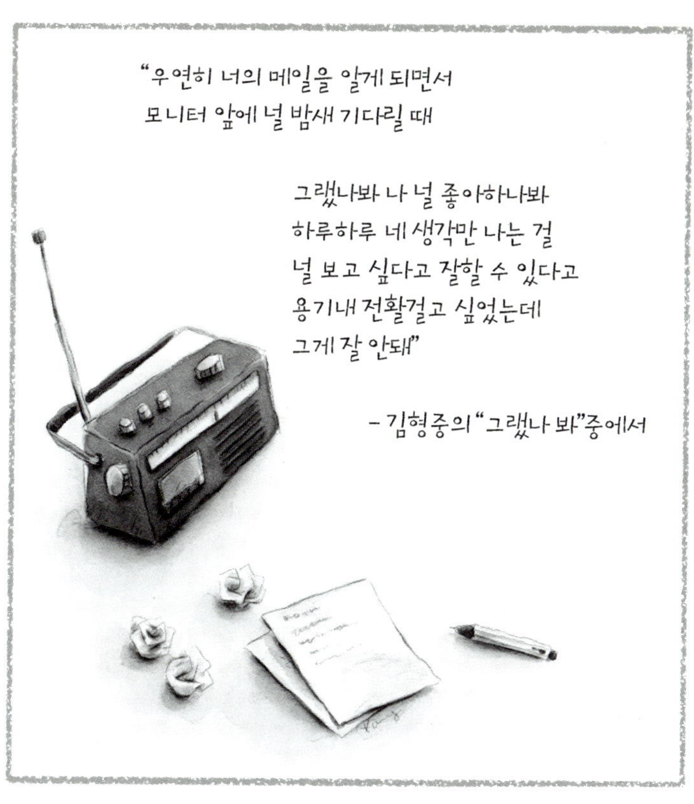

부모들이 라디오를 들으며
편지를 썼다 지우던 그 나이에,
자녀들은 모니터 앞에서 핸드폰을 기다립니다.
결국 같은 말을 하기 위해서…

어느 고등학교에

자신이 맡은 반을 시험이든, 체육대회든

늘 1등에 올려놓는 선생님이 계셨습니다.

도대체 그 비결이 무엇이었을까요?

매해 3월 **새 학년이 시작하는 날,**

그 선생님은 늘 이렇게 말씀하셨다고 합니다..

"교사 생활 이십 년에 너희처럼
우수한 아이들을 맡는 것은 처음이다.
어제는 너희들 만날 생각에 잠도 못 잤다.
우리 올 한해 잘 해 보자."

마술사가 되는 첫 걸음,
모자 속에서 비둘기가 나온다고
자기부터 믿는 것입니다.

야간자습이나 학원공부를 마치고

늦게 돌아오는 자녀와

집 앞에서 만나거든

가방을 받아주면서

이렇게 말해보세요 .

"가방은 엄마가 대신 들어 줄 수 있지만
네 마음 속 짐까지 들어줄 수는 없구나.
물론 네가 잘 하리라 믿지만
너무 힘들 때는 엄마한테도 털어놔 보렴.
그 순간만큼은 네 친구가 되어줄테니까."

인디언 말로 친구란
"내 짐을 대신 어깨에 메고 가는 사람" 입니다.

여름

모두 다 살아 있음으로 치열해지는 계절,
줄달음치는 생명의 에너지 속에서
다툼과 갈등도 성장을 향한 몸부림이 됩니다.

자녀들이

안 좋은 친구를 사귀는 것 같아서

"좀 좋은 친구를 사귀지,

왜 꼭 그런 애를 만나니?" 라고 했을 때,

자녀들도 동의하는 경우 별로 못 보셨지요?

자녀가 사귀는 친구가 걱정스러울 때는

이렇게 말해보세요.

"너 같은 친구가 있어서 그 아이는 참 좋겠다.
네 덕분에 그 아이가 마음을 잡았으면 좋겠구나.
엄마는 너희가 서로
도움이 되는 친구가 되길 바란단다."

친구 따라 강남 가는 아이가 있으면,
친구를 데리고 강남 가는 아이도 있는 법입니다.

 사랑과 용돈

"자녀의 용돈은

어느 정도가 적당한가?"는

"사람에게는 얼마의 땅이 필요한가?" 만큼이나

어려운 질문입니다.

많으면 좋겠지만,

너무 많은 것은 오히려 해가 될 수 있으니까요.

자녀의 요구는 존중하되,

액수만큼은 **약간 모자란 듯** 주세요.

그리고 이렇게 덧붙여보세요.

"원하는 것을 다 갖기에는
부족할지 모르지만,
슬기롭게 사는 것을 배우는 데는
모자라지 않았으면 좋겠구나."

사랑의 크기가 용돈의 액수와
비례하는 것은 아닙니다.

가족간에는

되도록 안 하는 게 좋은 일 **두 가지.**

배우자 운전 가르치기와

자녀 공부 가르치기.

아무리 좋게 시작해도 결국은 큰 소리나고 끝나지요?

답답할 때는 잠시 책을 덮고

이렇게 말해보세요.

"자꾸 틀리니까 너도 속상하지?
그래도 처음보다는 많이 좋아졌어!
그러니까 너무 실망하지 말고 다시 한 번 잘 생각해 보렴.
사실은 엄마도 이거 배울 때 많이 힘들었단다."

처음 운전대 잡았을 때를 떠올려보세요.
누구는 틀리고 싶어서 틀리나요?

축구경기에서

자기가 응원하는 팀이 이겼을 때,

사람들은 환호하고 박수치고

모두 하나가 됩니다.

그러나 졌을 때, 사람들은 둘로 나뉩니다.

화를 내면서 선수들을 비난하는 사람과

고개를 떨군 선수들에게 위로의 박수를 보내는 사람.

시험에서 기대에 못 미친 점수를 받아온 자녀에게

우리는 어떤 부모일까요?

"나도 이렇게 안타까운데 네 심정은 오죽하겠니?
많이 실망스럽겠지만 한 번 더 힘을 내보렴.
이제 한 번의 시험이 끝난 거지,
인생이 끝난 것은 아니잖아?
포기하지 않는 사람에게 기회는 또 오는 거란다."

승리를 축하하는 것은 누구나 할 수 있지만
패배를 위로하는 것은
아무나 할 수 있는 일이 아닙니다.

어느 고등학교의 **불어 시간.**

한 짓궂은 학생이 여선생님께 장난 섞인 질문을 던집니다.

"선생님, 불어로

'아이 러브 유' 가 뭐예요?"

선생님의 당황하는 모습을 기대하며

다들 키득거리는데,

선생님의 반응이 너무나 뜻밖입니다.

"와! 벌써 그런 말을 할 수 있는 여자친구가 생겼어?
축하할 일이네.
그런데 불어는 발음이 중요하거든.
그러니 한 번 따라해 볼래?"

"그래 바로 그거야. 너 아주 불어 잘 하겠구나."

아이들 장난에 화부터 내면
그 아이는 계속 장난꾸러기로 남습니다.
장난칠 줄 아이는 배울 줄도 아는 아이입니다.

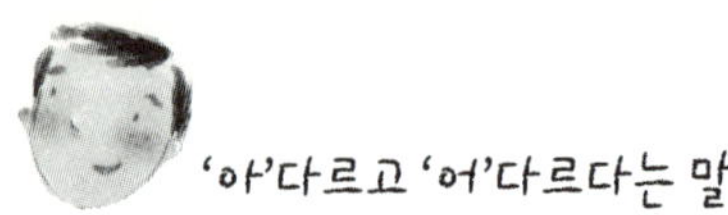

최근에 조사된

청소년들이 제일 싫어하는 말들입니다.

3위: "내가 네 말을 어떻게 믿니?"

2위: "그래서 대학가겠니?"

1위: "공부 잘 하는 애 반만이라도 따라해 봐라."

같은 말이라도 이렇게 하는 것은 어떨까요?

“다른 사람은 다 안 믿어도 나만은 너를 믿는다는 거 아니?”
“대학시험 준비가 생각보다 어렵지?”
“너도 한다고 하는데 너보다 더 잘하는
애들이 있으니 참 속상하겠구나.
그런데 혹시 그 아이들에게서 배울 것은 없을까?”

‘아’ 다르고 ‘어’ 다르다는 말,
부모 자식간에도 틀린 말이 아닙니다.

며칠 있으면

수능시험 100일전

카운트다운이 시작됩니다.

수험생들은 누구나

결승선 100m 앞에 선 듯 초조해지고,

부모들은 행여나 하는 마음에

숨도 크게 못 쉬게 되지요.

이런 때일수록

부모님이 먼저 여유를 가져보세요.

"사람들이 마라톤 선수에게 박수를 보내는 것은
남은 100m가 아니라 그 동안 달려온 42km때문이란다.
100일밖에 안 남아서 많이 초조하겠지만,
그 동안 네가 들인 시간과 노력들을 믿어보렴.
우리는 그런 노력들이 결코 헛되지 않으리라 믿는단다."

훌륭한 감독은 선수가
자신의 능력을 믿게끔 하는 사람입니다

이번 방학만큼은

잔소리 없이 지나가나 했는데

'역시나' 지요?

늦잠 자고 학원 빼먹는 것도 모자라서

거짓말까지 한다면….

"엄마가 너를 사랑하는 건 맞지만 거짓말까지는 아니란다.
누구에게나 거짓말의 유혹은 찾아오지만
그렇다고 모두가 다 그 유혹에 넘어가는 것은 아니잖니?
네가 그 정도의 유혹은 이겨내는
당당한 사람이 되었으면 좋겠구나."

자녀와 싸우지 말고,
자녀의 문제와 싸우세요.

황희 정승의 일화 중에 이런 것이 있습니다.

어떤 남자가 찾아와서

"오늘이 저희 집 제삿날인데 하필 개가 새끼를 낳았지 뭡니까.

이런 날은 **제사를 생략해도** 되겠지요?" 라고 하자

"그렇게 하게" 하더니, 조금 후 다른 남자가 찾아와서

"오늘이 제삿날인데 집사람이 애를 낳았으니 어쩌면 좋지요.

그래도 제사는 지내야겠지요?" 라고 하자

이번에는 **"물론 제사는 지내야지"** 했답니다.

옆에서 지켜보던 사람이 그런 법이 어디 있느냐고 따지자

빙긋이 웃으며 이렇게 말했다는군요.

"앞에 온 사람은 제사 지낼 마음이 없는 사람이었고,
뒤에 온 사람은 어떻게든 제사를 지낼 사람이었다.
정반대인 것 같지만 둘 다 자기가 듣고 싶은 말만
들으려 왔으니 결국 같은 사람들 아니겠느냐."

부모와 자녀의 갈등도 사실은
서로 듣고 싶은 말만 들으려 해서
생기는 것은 아닐까요?

별똥별을 보며 꿈을 말하면

그것이 이루어진다고들 하지요?

늦은 여름밤,

자녀와 함께 꿈을 이야기해보세요.

무조건 큰 꿈보다는
작은 꿈이라도 정성을 다하는 마음을 키워주세요.

가을

저마다 결실을 내놓는 계절,

이제 짐을 꾸려 떠나려는 대지의 여신 앞에서

살아간다는 것의 본질을 묻게됩니다.

가을,

산책하기 좋은 계절입니다.

집 근처 어디든

단풍잎 아래 호젓한 길을

자녀와 함께 걸어보세요.

"단풍이 아름답니? 그건 네 마음이 아름다운 거란다.
아무리 좋은 것도 마음이 없으면
눈에 들어오지 않는 법이거든.
걸으면서 바깥만 보지 말고 네 마음속을 잘 들여다보렴.
단풍보다 더 아름다운 것들이 그 안에 있을테니까."

교육이란 "없는 것을 넣어주는 것이 아니라,
원래 있는 것을 끌어내는 것" 이라고 합니다.

모처럼 아들과 마주 앉은 아버지가

"요즘 공부 잘 돼?" 라고 묻는다면

열에 아홉은 이런 대화로 이어집니다.

> 아들 : 몰라요.
>
> 아버지 : 무슨 대답이 그래? 꼭 남 이야기하듯이 말야.
>
> 아들 : 그냥요.
>
> 아버지 : 너 지금 뭐 불만 있냐?
>
> 아들 : 아니요.

이런 **썰렁한 대화**를 피하고 싶다면 이렇게 시작해보세요.

아버지 : 이번 길거리농구대회에 너희 팀도 나가니?

아들 : 어떻게 아셨어요?

아버지 : 우리 아들 자랑거린데 아빠가 그 정도는 알아야지.
　　　　어때, 준비는 잘 되고 있어?

아들 : 시간이 별로 없지만, 그래도 열심히 하고 있어요.

누구나 한 가지쯤 자랑하고픈 것이 있습니다.
마음이 열리는 것은 바로 그것을 알아줄 때입니다.

때로는 TV를 보다가도

큰 깨달음을 얻을 때가 있습니다.

얼마 전 끝난 드라마의 한 대목을

부모 입장에서 다시 생각해보는 것은 어떨까요?

"행운을 가져다주길 바라면서 사람들은
네 잎 클로버를 열심히 찾지. 그런데 너 그거 알아?
우리가 네 잎 클로버를 찾기 위해 아무 생각 없이 밟았던
무수히 많은 세 잎 클로버가 항상 거기에 있었다는 거.
세 잎 클로버의 꽃말은 행복이래.
네 주위엔 네 잎 클로버의 행운보다
수없이 많은 행복이 있어."

「저 푸른 초원 위에」중에서

비범한 자녀, 부모에게는 물론 행운이지요.
그러나 자녀를 키워본 분들은 압니다.
정말 부모를 행복하게 하는 것은
비범한 자녀가 아니라 평범한 자녀라는 것을.

개교기념일에는 학교가 쉰다는 것을 모르고

학교에 간 **초등학교 1학년 아이**가 있었습니다.

텅 빈 복도에 우두커니 서 있는 그 아이를 발견한 당직선생님,

"지금부터 받아쓰기를 하는 거다.

자 그럼, 1번 '나', 2번 '우리' …."

쉬운 낱말만 골라서 부른 다음,

커다란 동그라미와 함께 이렇게 말씀하셨습니다.

그날 이후 그 한심한 아이는
우등생이 되었다지요.
우리 자녀들에게도
이런 '교육의 순간'을 선물하고 싶습니다.

어떤 아버지가 어린 딸들에게

콩쥐팥쥐 이야기를 들려줍니다.

"옛날에 콩쥐라는 여자아이가 살았는데, …

새엄마는 자기가 데리고 온 팥쥐만 예뻐하고

힘든 일은 콩쥐한테만 시켰대.

그러던 어느 날 …"

이야기가 끝나자 딸들이 이해할 수 없다는 표정으로 묻습니다.

작은딸 : 아빠! 콩쥐 아빠는 그 때 뭐했대?
아버지 : 콩쥐 아빠? 글쎄… 그런데 그건 왜?
큰　딸 : 아빠가 있는데도 힘든 일을
　　　　 아이들 시켰다니까 그러지.
아버지 : …?!!

분명 한 가족의 이야기인데,
왜 늘 아빠는 빼놓았을까요?
콩쥐 아빠가 좀더 노력했더라면
팥쥐 엄마도 마음이 열렸을까요?

신임 교수의 연구실에 가득 꽂혀 있는 책들을 보며,

친구들은 "책꽂이를 보니 교수가 되긴 된 모양이지?

축하해." 라고 말한 반면,

시골의 노모는 "저 많은 책들을 보느라

얼마나 머리가 아팠을까?" 했다고 합니다.

상장을 받아온 자녀에게

이렇게 말해주는 것은 어떨까요?

"엄마는 네가 상을 탄 것도 기쁘지만,
그 동안의 네 노력이 더 대단하다고 생각한단다.
그 동안 힘든 때가 많았을텐데 참 잘 이겨냈구나.
엄마는 바로 그것이 자랑스러운 거란다."

결과에 대한 칭찬보다 더 중요한 것은
그 동안의 노력을 인정해주는 것입니다.

귀한 말씀을 듣자고 모셔 놓고는

정작 당사자들은 잊어버리기 쉬운 것이 바로

결혼식 주례 선생님 말씀이지요?

기억을 더듬어보면

그 말씀들 중에 두고두고

큰 가르침으로 남는 것들이 있습니다.

"사랑하되 구체적으로 사랑하세요.
거기엔 노력이 필요합니다.
예를 들면, 잠든 아이 옆에서 서로에게
이렇게 말하는 것입니다.
'아이가 씩씩한 것이 꼭 당신을 닮았나봐요.'
'아니오, 이렇게 건강하게 자란 건
다 당신 덕이니 고마울 뿐이오.'"

사실 이 반대로 사는 사람들이 많지요?
먼저 남편과 아내에게 감사하는
마음을 가져보세요. 좋은 부모가 되어 있는
자신을 발견하게 될 것입니다.

20점과 90점의 차이

한 **초등학교 1학년** 학생의

받아쓰기시험 답안지입니다.

이 학생은 몇 점일까요?

1. 햇볕이 따스한 오후
2. 모래성을 싸으면 재미있잖아
3. 괴종 시계와 뻐꾸기 시계
4. 돌이가 발을 동동 구릅니다.
5. 소리를 뽑내었습니다.

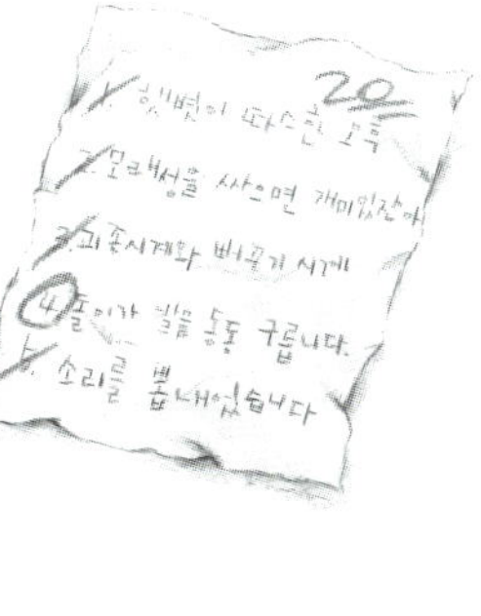

학교에서는 당연히 20점이겠지요.
하지만, 맞은 글자 수를 세어보세요.
50개중에 45개, 90점입니다.
20점과 90점, 사실은 잣대의 차이일지 모릅니다.

드디어

수능시험 날,

오늘 하루 우리는 모두 수험생의 부모가 됩니다.

하루 종일 **시험**과 **점수**와 **대학**을

이야기할 것입니다.

그러나 그것만이 **전부는 아니라는 것도**

생각해보았으면 합니다.

"대학이란 높은 산에 있는 케이블카 같은 거란다.
그 걸 타면 빠르고 편하게 산에 오를 수 있지.
하지만, 그 걸 못 탔다고 해서
산을 못 오르는 것은 아니란다.
그 동안 케이블카를 타려고 달려왔다면,
이제는 눈을 들어 산을 보자꾸나."

우리 자녀들이 케이블카보다
산을 볼 수 있었으면 합니다.

세상에서 가장 좋은 쌀을

생산한다고 자부하는 **한 농부는**

일을 마치고 집에 들어갈 때면

자기 논의 벼들을 향해 이렇게 말한다고 합니다.

"애들아, 나 이제 가봐야겠다.

너희들도 밤사이 잘 자고

내일 아침에 건강한 모습으로 다시 만나자."

꼭 자식한테 하는 것 같지요?

“〇〇야, 오늘 하루는 어땠니?
힘든 일도 있었고 즐거운 일도 있었지?
힘들었던 기억은 다 엄마 주고,
즐거웠던 기억만 가지고 잘 자거라.
내일 아침까지 세상은 모두 네 편이란다.”

사랑이 담긴 따뜻한 말 한마디,
이보다 더 좋은 피로회복제는 없습니다.

겨 울

잠든 듯 깨어서 내일을 준비하는 계절,
길이 막힐수록 사람이 그립고
바람이 차가울수록 옆 사람 체온이 고마워집니다.

첫눈이 내리는 날,

전화 올 데가 있다면 행복한 사람입니다.

전화 오는 데는 없더라도 전화할 누군가가 있다면

그 역시 **행복한 사람**입니다.

첫눈이 내리는 날,

당신은 누구와 함께 행복해지시렵니까?

첫눈이 꼭 연인들만을 위한 것은 아니겠지요?
부모와 자녀의 마음까지도 열어줄
하얀 첫눈을 기다려봅니다.

'외손자를 예뻐하느니

방앗공이를 예뻐하지.' 라는

속담이 있습니다.

할아버지 할머니가 아무리 애써 키워줘도

자기 부모만 찾는다는 뜻인데요.

그래서 속 깊은 분들은

일부러 **한 발짝** 물러서시나 봅니다.

"나는 내 손자들을 사랑하지만 지켜볼 뿐 나서고 싶진 않다.
내 손자들에게 내가 할 수 있는 역할이 남아있다면
솜이불 정도가 아닐까. 평소에는 있는 줄도 모르다가
어쩌다 뼛속까지 시린 날이 있으면
생각나서 꺼내 덮을 수 있는 솜이불 한 채쯤…"

박완서,「내가 받은 사랑, 갚아야 할 사랑」중에서

솜이불이 꼭 손자들에게만
필요한 것은 아니겠지요?
오늘 저녁에는 어른들께 전화라도 드려보세요.

한 중학생 **딸과 어머니가** 대화를 나눕니다.

딸: 엄마, 나 학교 다니는 게 너무 재미없어.

어머니: **누구는 재미있어서 사는 줄 아니?**

저런, 어머니가 많이 **지치셨군요.**

자녀를 짐이라고만 생각하면 지칠 수밖에 없지요.

가끔은 **그 짐을** 내려놓아 보세요.

"얘야, 네 이야기를 잘 들어주고 싶지만
오늘은 그게 잘 안 되는구나.
사실 엄마도 쉬고싶을 때가 있단다.
너도 이만큼 컸으니 엄마를 이해할 수 있겠지?"

자녀의 마음만 열려고 하지 말고
부모의 마음도 보여주세요.

'마음은 있는데 시간이 없어서'

대화를 못 한다는 아버지에게 자녀들은 이렇게 말합니다.

"일찍 와도 TV아니면 신문만 보고,

평소엔 관심도 없다가

성적표 나온 날만 대화하자고 하면서…."

관심이 없는 게 아니라 표현을 안 하는 것이겠지요?

너무 어렵게 생각하지 말고

평소의 마음을 담아 몇 자 적어보세요.

"그 동안 기말고사 치느라 많이 힘들었지?
바빠서 많은 이야기를 나누지는 못하지만
아빠 마음속에는 항상 네가 있단다.
아빠가 힘들 때 너를 생각하며 힘을 얻듯이
너도 힘들 때는 아빠를 찾아보렴.
아빠의 마음은 언제나 네 곁에 있으니까."

표현하지 않는 '마음' 은
옷걸이에만 걸려있는 명품 같은 것입니다.

옷을 사러 가보면,

"손님은 워낙 표준 체형이라

뭐든지 잘 어울리세요.

그래도 제 생각을 말씀드리자면…"

하는 사람이 있는가 하면

"이 옷은 원단부터가 특별한 것으로…"

하는 사람이 있습니다.

같은 조건일 때, 당신은 어느 쪽에서 사시겠습니까?

"네가 그 과를 가고 싶다면 나름대로 이유가 있을 거야.
또 너는 워낙 성실하니까 무슨 과를 가더라도 잘 할 거고.
그래도 혹시 도움이 될까해서 하는 말인데…"

선택의 계절에 부모들이 알아두면
좋은 설득의 심리학 두 가지.
첫째, 상대방의 자존심부터 세워주세요.
둘째, 설득 당하는 것이 아니라
스스로 선택하는 것이라고 믿게 만드세요.

늘 말썽만 부리는 형과 말 잘 듣는 동생을 둔

어머니가 **어느 날 동생에게**

"너는 나이도 어린데 어쩌면 그렇게

의젓하고 어른스러울 수가 있니?"라고 물었을 때,

그 대답이 걸작이었답니다.

"엄마, 그거 쉬워!

형과 반대로만 하면 돼!"

형과 엄마가 코드가 안 맞는다는 것을

눈치 빠른 동생은 알고 있었군요.

이제는 **형에게도 기회를** 줘보는 것이 어떨까요?

"너희들이 잘 하는 것도 많은데,
엄마가 못 하는 것만 지적해서 속 상한 적 많았지?
아마 보는 눈이 서로 달라서 그랬을지도 몰라.
이제부터는 너희들이 뭘 잘 하나부터 보도록 노력하마.
그러니 너희들도 각자의 좋은 점을
보여줄 수 있도록 노력해보렴."

나와 다르다고 해서
'틀린' 것은 아니겠지요?

자녀의 일기장을 몰래 보고

기겁을 하는 부모들이 많이 있습니다.

부모에 대한 온갖 불만과 비난 심지어는

욕설까지 있기 때문이지요.

이런 사태를 어떻게

미리 막을 수 있을까요?

"네가 말은 안 하지만 엄마 아빠한테 불만이 많을 거야.
그런데 그걸 쌓아두는 것은 더 좋지 않단다.
이건 비밀 일기장인데 불만이 있을 때 여기에 적어보렴.
네 생각도 정리되고 어쩌면 화가 풀릴지도 모르니까 말이야.
물론 직접 이야기해주면 좋겠지만, 그건 네 자유란다.
그 일기장 우리 눈에 안 띄게 잘 간수하는 것은
말 안 해도 알겠지?"

하수도가 없는 도시를 상상해보신 적이 있나요?

연말이 가까워지면

평소에 잊고 지내던 **낮은 목소리들이** 들립니다.

정신지체인의 권익옹호에 앞장서 온 한 사람은

세상을 향해 이렇게 말합니다.

혹시 우리 **자녀들도**

같은 말을 하고 싶어하는 것은 아닌지

생각해보았으면 합니다.

"만약 당신이 내가 갖지 못한 것 대신에
내가 가진 것으로만 나를 알 수 있다면,
당신이 볼 수 있는 것은 지금보다 훨씬 많을 것입니다.
왜냐하면 나는 무척이나 많은 것을 갖고 있기 때문입니다."

마크 골드, 「아, 아름다운 아침」중에서.

보이는 것만 믿으시나요?
그럼 가진 것부터 보세요.

약속시간에 늦어서

진땀을 흘려본 적이 있으시지요.

마음은 급하고 적당한 변명거리는

떠오르지 않아 답답할 때,

휴대전화에서

이런 말이 흘러나온다고 생각해보세요.

"지금 얼마나 마음이 급하세요.
시간 맞춰 나오셨을텐데 오늘따라 길이 많이 막히나봐요.
그래도 사고가 아니라니 다행이에요.
저희는 덕분에 차 한잔 마시며 쉬고 있으니까
너무 걱정 말고 여유 있게 오세요."

듣는 사람이 더 미안해지지요?
자녀들도 마찬가지 입니다.
먼저 공감해주세요.
자기 잘못을 스스로 깨우칠테니까요.

크리스마스 선물로

고민하던 한 아버지가

시치미를 뚝 떼고

딸들에게 직접 물어보기로 했습니다.

그런데 무슨 일이 벌어졌을까요?

아버지 : 너희들 이번 크리스마스에 무슨 선물 받았으면 좋겠니?

큰　딸 : 그걸 왜 아빠가 물어 봐? 아빠가 산타할아버지야?

아버지 : 아, 아니! 산타할아버지는 대개 그 아이가 원하는
　　　　선물을 주시잖아. 그러니까 미리 생각해두라는 거지.

작은딸 : 우리는 벌써 생각해뒀어. 그런데 아빠는 뭘 받고 싶어?

아버지 : 아빠? 글쎄…, 아! 선물은 원래 어린이한테만 주는 거잖아.

큰　딸 : 그런 게 어딨어?
　　　　혹시 어른들은
　　　　착한 일 안 해서
　　　　못 받는 거 아니야?

선물이라도 다시 받게 된다면
어른들 세상이 좀 밝아질까요?
부모들 마음에도 선물이 한아름인
크리스마스가 되었으면 합니다.